D0938073

구사일생한 토끼

The Rabbit's Escape

Suzanne Crowder Han ✳ Illustrated by Yumi Heo

Henry Holt and Company
New York

Henry Holt and Company, Inc. / *Publishers since 1866* / 115 West 18th Street, New York, New York 10011
Henry Holt is a registered trademark of Henry Holt and Company, Inc.

 Published in Canada by Fitzhenry & Whiteside Ltd., 195 Allstate Parkway, Markham, Ontario L3R 4T8.

Library of Congress Cataloging-in-Publication Data
Han, Suzanne Crowder.
The rabbit's escape / Suzanne Crowder Han ; illustrated by Yumi Heo.
English and Korean.
Summary: Tricked into visiting the underwater kingdom where the Dragon King of the East Sea wants his liver, a clever rabbit uses his wits to escape.
[1. Folklore—Korea. 2. Korean language materials—Bilingual.] I. Heo, Yumi, ill. II. Title.
PZ50.563.H29 1995 398.2'0951904529322—dc20 94-36516

ISBN 0-8050-2675-4

First Edition—1995
Printed in the United States of America on acid-free paper. ∞

1 3 5 7 9 10 8 6 4 2

Note on the Korean alphabet

Han-gul, the Korean alphabet, did not evolve; it was purposefully invented by a group of scholars under the direction of King Sejong, who promulgated it in 1446. Until that time, Koreans used Chinese characters for writing because, even though they had a spoken language, they had no written language of their own.

Han-gul is phonetic and syllabic, comprising ten vowels and fourteen consonants. The shape of each vowel and consonant derives from the configuration of the mouth, tongue, and throat during the articulation of that sound. Writing may be done horizontally from left to right, or vertically from right to left, which is the traditional way of writing Korean.

For my daughter, Minsu

— S. C. H.

For my wonderful in-laws, Libby and William Dana

— Y. H.

Author's Note

The rabbit is one of the most prevalent characters in Korean tales. Always clever and witty, it can also be frivolous and vain.

The Rabbit's Escape is an adaptation of "The Hare's Liver," a longer version of the tale that appears in my collection *Korean Folk and Fairy Tales*. I read many Korean and English language versions of the story to study and compare the retelling styles, structure, and character. The tellings varied slightly, although they all played on the rabbit's vanity and the turtle's loyalty and perseverance. In some versions, the Dragon King was sick and in some, his daughter. Some versions ended with the rabbit just hopping away, and some with the rabbit admonishing the turtle about death and immortality.

This folktale is believed to have originated in India, with a monkey as the main character instead of a rabbit. It probably came to Korea in the fourth century when Buddhism was introduced into the culture.

— S. C. H.

옛날, 옛날에 동해의 용왕님이 병이 났습니다.

LONG AGO the Dragon King of the East Sea became ill.

용궁의 의원이 용왕님의 맥을 짚어 보았습니다.
"폐하, 병세가 매우 심각하옵니다. 폐하의 병을 고칠 길은 오로지 토끼의 싱싱한 생간을 잡수시는 것이옵니다." 라고 의원이 말했습니다.
용왕님은 토끼의 생간을 먹는다는 것이 왠지 꺼림직했지만 달리 방법이 없었습니다.
"당장 토끼를 잡아오너라." 용왕님이 신하에게 지시하였습니다.
"하오나, 용왕 폐하, 토끼는 이 곳 바다 밑 용왕님의 나라에서 사는 동물이 아니옵니다. 토끼는 바다 위, 뭍에서 사는 동물입니다."
용왕님은 할 말을 잊었습니다. 뭍이라는 곳은 바다 밑 동물들에게는 낯설고 위험한 곳이었습니다.

The court physician read his pulse. "Your Majesty, you are very sick," he said. "The only thing that will cure you is the fresh raw liver of a rabbit."

The king did not much like the idea of eating fresh raw liver. But he had no choice.

"Send for a rabbit at once!" he ordered his ministers.

"But Your Majesty," replied a minister, "the rabbit does not live in your kingdom beneath the sea. It lives on land."

The king fell silent. The land was a strange and treacherous place for a sea creature.

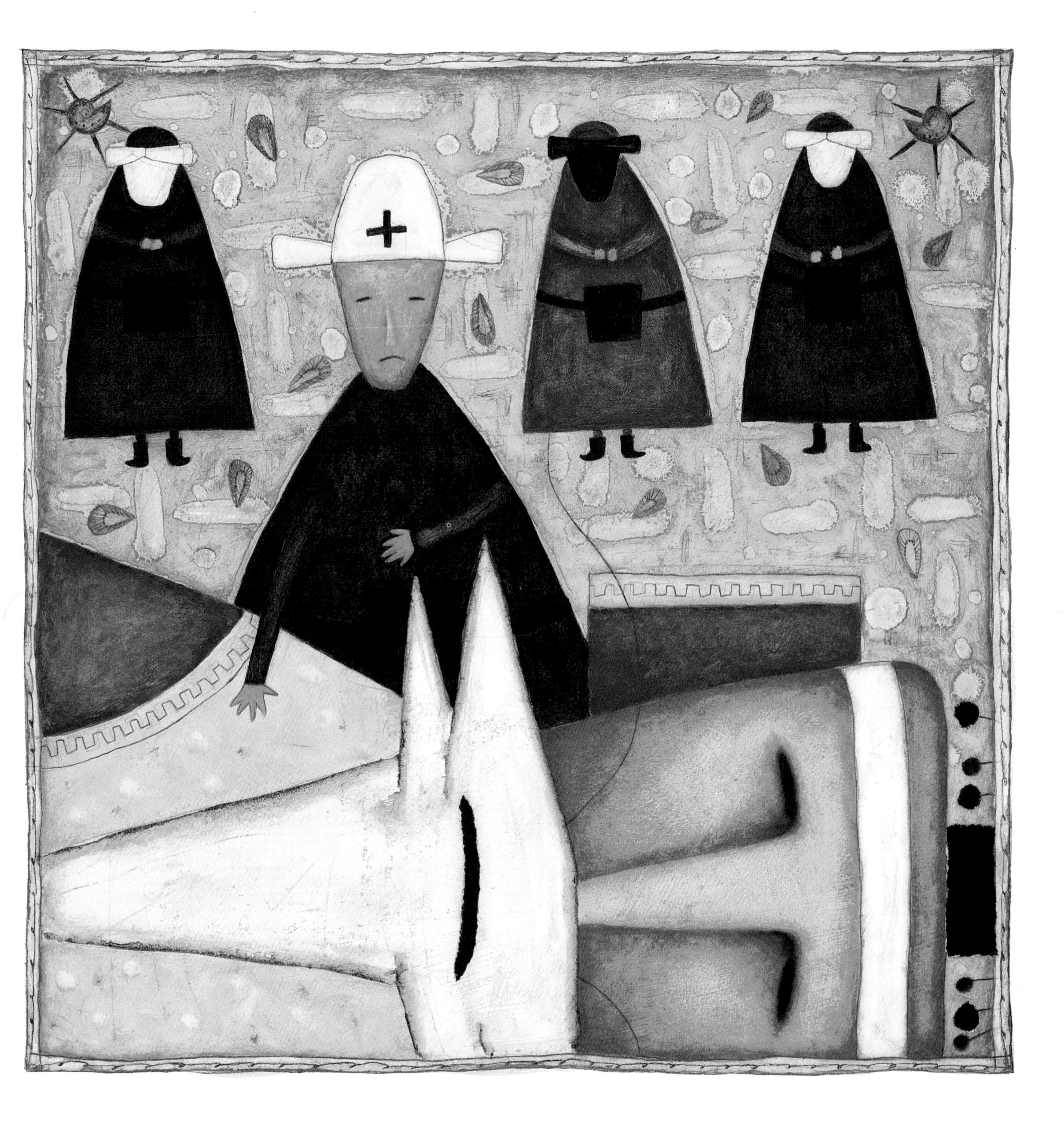

그 때 거북이 한 마리가 천천히 앞으로 나왔습니다.
"저는 물에서도 살 수가 있습니다." 거북이가 씩씩하게 말했습니다.
"용왕 폐하의 병을 치료하기 위하여 제가 기쁜 마음으로 토끼를 데려 오겠습니다. 하지만 한 가지 조그만 문제가 있는데, 저는 토끼가 어떻게 생겼는 지를 모릅니다."

Slowly, a turtle made his way to the front of the crowd. "I can live on land," he said loyally. "I will gladly fetch a rabbit to cure Your Majesty's disease. However, there is one small problem—I don't know what a rabbit looks like."

용왕님은 학식이 높고 현명한 용궁의 화공들을 모두 데려오도록 하였습니다. 화공들은 정성껏 토끼의 그림을 그렸습니다. 그림이 완성되자 거북이는 그것을 자신의 딱딱한 등 밑에 단단히 챙겨 넣고 길을 떠났습니다.

The Dragon King sent for the court artists, who were learned and wise. They carefully painted a picture of a rabbit. When the painting was finished, the turtle tucked it safely inside his shell and departed.

거북이는 헤엄치고 또 헤엄쳤습니다. 마침내 거북이는 육지에 닿았습니다. 거북이는 신기하게 생긴 물의 동물들을 수없이 만났지만 그 어느 것도 그림 속의 동물을 닮지는 않았습니다.

토끼를 찾아 몇 시간이나 헤멘 끝에 거북이는 잠시 쉬기로 했습니다. 그러나 쉬는 동안에도 목을 길게 뽑아 이곳 저곳을 둘러보았습니다. 그러다가 문득 토끼풀이 가득한 풀밭을 보았더니 놀랍게도 그렇게 찾아 다니던 토끼가 바로 거기에 있었습니다.

거북이는 토끼가 호기심이 많은 동물이라는 것을 들어서 알고 있었습니다. 그래서 곧장 토끼에게 인사를 건네는 대신 제 껍질 속으로 몸을 숨겼습니다.

The turtle swam and swam. Finally, he reached the land. Although many wondrous animals crossed his path, not one looked like the animal in his picture.

After many hours of searching, the turtle stopped for a rest. Even as he sat, he stretched his long neck and looked about. His eyes came to rest on a patch of clover and there, to his delight, he saw that his search was over.

The turtle knew that the rabbit was a curious fellow. So he hid in his shell, hoping the rabbit would come to him.

아니나 다를까, 토끼가 금방 거북이의 등을 두드리면서 크게 소리쳤습니다. "거북이 선생, 거북이 선생, 집에서 이렇게 멀리 나오시다니 웬일이십니까?"

"경치를 좀 구경하고 있습니다." 라고 거북이가 대답했습니다. "그러나 참으로 실망이 크군요. 이 곳은 내가 살고있는 바다 밑의 용궁에 비해 보잘 것이 없군요. 안 그렇소, 토끼 양반?"

"나도 많은 곳을 돌아다녀 봤어요." 라고 토끼가 뽐내며 말했습니다. "하지만 아직 바다 밑 용궁에는 가보지 못했답니다. 조만간 한 번 가 볼 생각입니다만……."

"저는 오늘 오후에 돌아갑니다." 라고 거북이가 말했습니다. "혹시 저와 함께 가시지 않겠습니까? 제 등에 타고 가시면 됩니다."

"그것 참 훌륭한 생각이십니다." 토끼가 말했습니다. "자, 갑시다!"

그렇게 해서 그들은 길을 떠났습니다.

Soon, he heard a loud voice calling, "Mr. Turtle, Mr. Turtle, what are you doing so far from home?"

"I'm sight-seeing," said the turtle. "But I'm afraid this kingdom doesn't compare with my home at the bottom of the sea. Don't you agree, Mr. Rabbit?"

"I've been to a lot of places," boasted the rabbit. "But I haven't been to the sea kingdom . . . yet. Although I plan to go . . . soon."

"I'm going back this afternoon," said the turtle. "We could go together. You could ride on my back."

"What a splendid idea," said the rabbit. "Let's go!"

And off they went.

오랜 여행을 하는 동안 거북이는 토끼에게 바닷속이 얼마나 굉장한지 여러가지 이야기를 해 주었습니다. 어쩌면 토끼가 용왕님을 직접 만날 수 있을 지도 모른다고 슬쩍 귀뜸도 하였습니다.

마침내 그들은 용궁에 도착하였습니다.

'야, 굉장하군.' 번쩍거리는 용궁을 둘러보며 토끼가 생각하였습니다. '더군다나 용왕을 직접 만날 것이라지 않는가.' 토끼는 우쭐대기를 좋아하는 동물로 알려져 있었습니다. '내 친구들이 나를 얼마나 부러워할까.' 토끼는 거북이가 준비하러 간 동안, 으리으리한 방에서 기쁨에 들떠 기다리고 있었습니다.

On their long journey back to the king's palace, the loyal turtle told the rabbit about the many splendors of the sea. He even hinted that the rabbit might lay eyes on the king himself.

Finally they arrived at the Dragon King's court.

"How dazzling," thought the rabbit as he looked around the glittering palace. "And to think that I'm to have an audience with the Dragon King himself." The rabbit was known for stretching the truth at times. "My friends will be so impressed."

He waited happily in a glorious antechamber while the turtle went off to make arrangements.

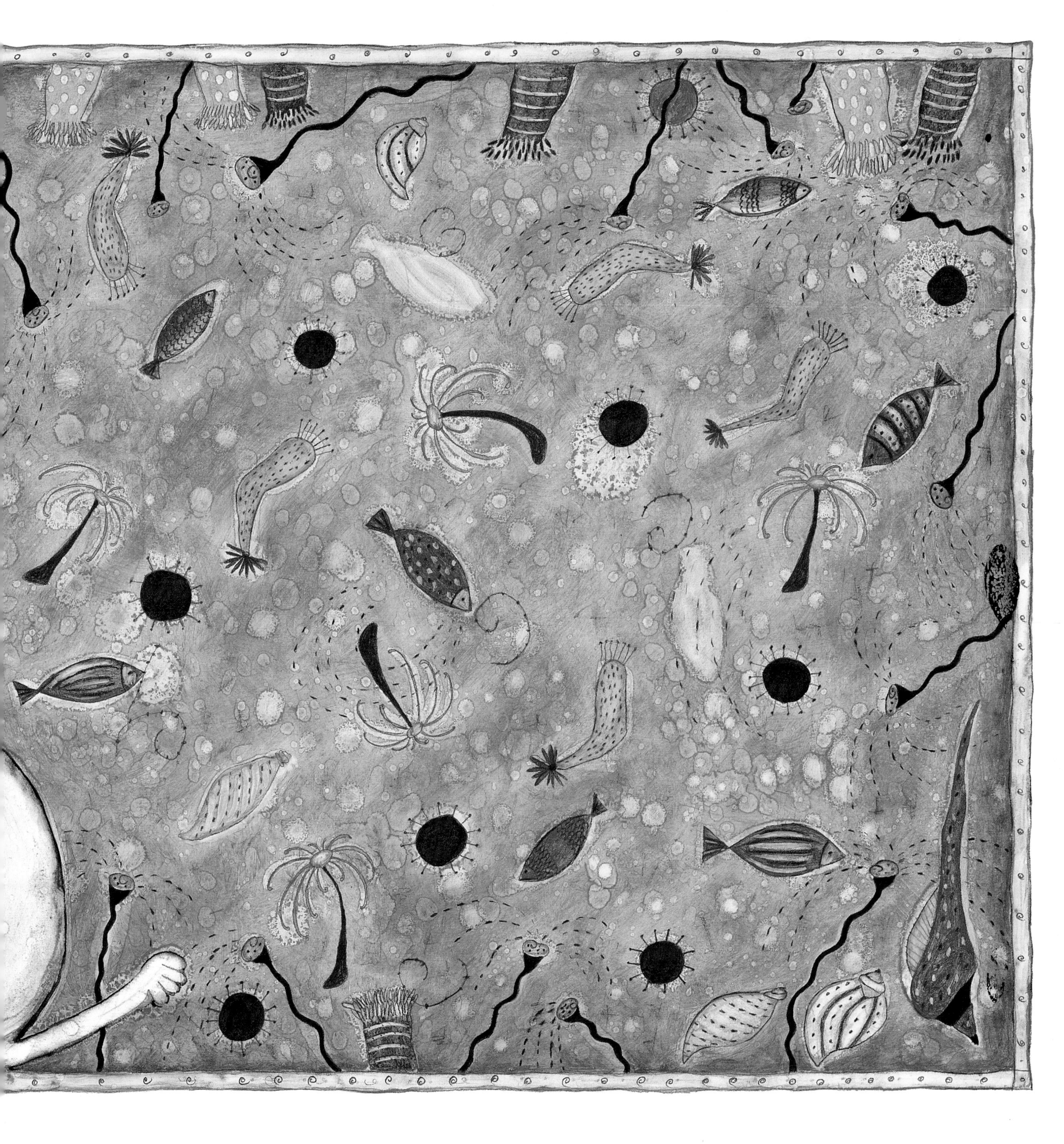

얼마 후, 참치 부대와 오징어 부대가 문 앞에 도착했습니다. "우리와 함께 가시지요. 용왕님께서 기다리고 계십니다."

"저를 기다리신다고요?" 토끼가 물었습니다. "정말이세요?"

"네, 그렇습니다." 오징어 부대의 대장이 대답했습니다. "바로 당신을 기다리고 계십니다."

"당신을 매우 보고싶어 하신답니다." 참치 대장이 덧붙였습니다.

"정말 저를 기다리시는 것이 확실한가요?" 토끼가 물었습니다. 토끼는 뭔가 심상치 않은 느낌이 들기 시작했습니다. "용왕님께서 저를 기다리시는 무슨 이유라도 있나요?"

"용왕님께서는 당신의 간을 원하십니다." 다른 물고기가 말했습니다. "자, 용왕님께 간을 드리러 갑시다."

"바다와 그 곳에 살고 있는 만물의 왕이신 용왕 폐하." 그들이 대전에 도착하자 우렁찬 목소리가 울려 퍼졌습니다. "여기 토끼를 대령했사옵니다."

토끼는 머리를 숙여 용왕님께 절을 한 후, 시간을 벌기 위해 그를 둘러싸고 있는 모든 귀족들에게도 절을 하고 자기를 죽이기 위해 기다리고 있는 참치 근위대에게도 절을 하였습니다. "폐하." 토끼가 드디어 입을 열었습니다. "용왕님을 구하는 일이라면 저는 기꺼이 희생할 각오가 되어 있습니다. 그러나 불행히도 제 간은 지금 제게 없사옵니다."

Presently, a battalion of swordfish and a school of cuttlefish arrived at the door.

"Come with us," they said. "The Dragon King is waiting for you."

"Really?" said the rabbit. "Waiting for *me*?"

"Really," replied the cuttlefish. "Waiting for *you*."

"He's so eager to meet you," added the swordfish.

"Really?" said the rabbit again. He was beginning to feel just a little bit uncomfortable. "Why would the Dragon King be waiting for *me*?"

"He wants your liver," another fish said, "so let's go give it to him."

"Your Majesty, King of the Sea and all that reside therein," a voice boomed out when they reached the throne room. "Here is the rabbit."

The rabbit bowed deeply to the Dragon King, and then, stalling for time, he bowed to all the nobles around him and to the swordfish guards waiting to slay him. "Your Majesty," he finally said. "I would gladly sacrifice myself to save your life. Unfortunately, my liver is not with me at the moment."

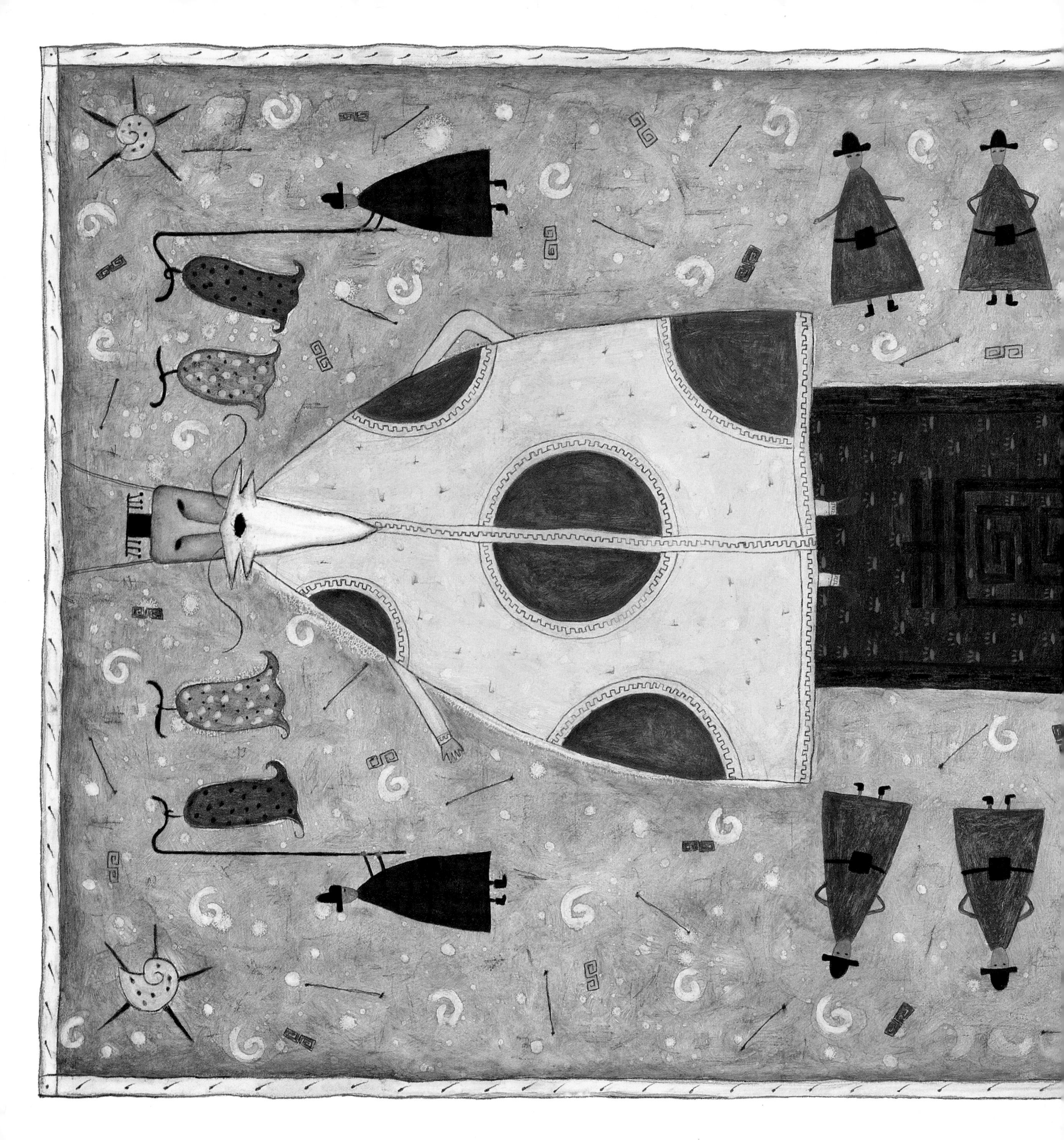

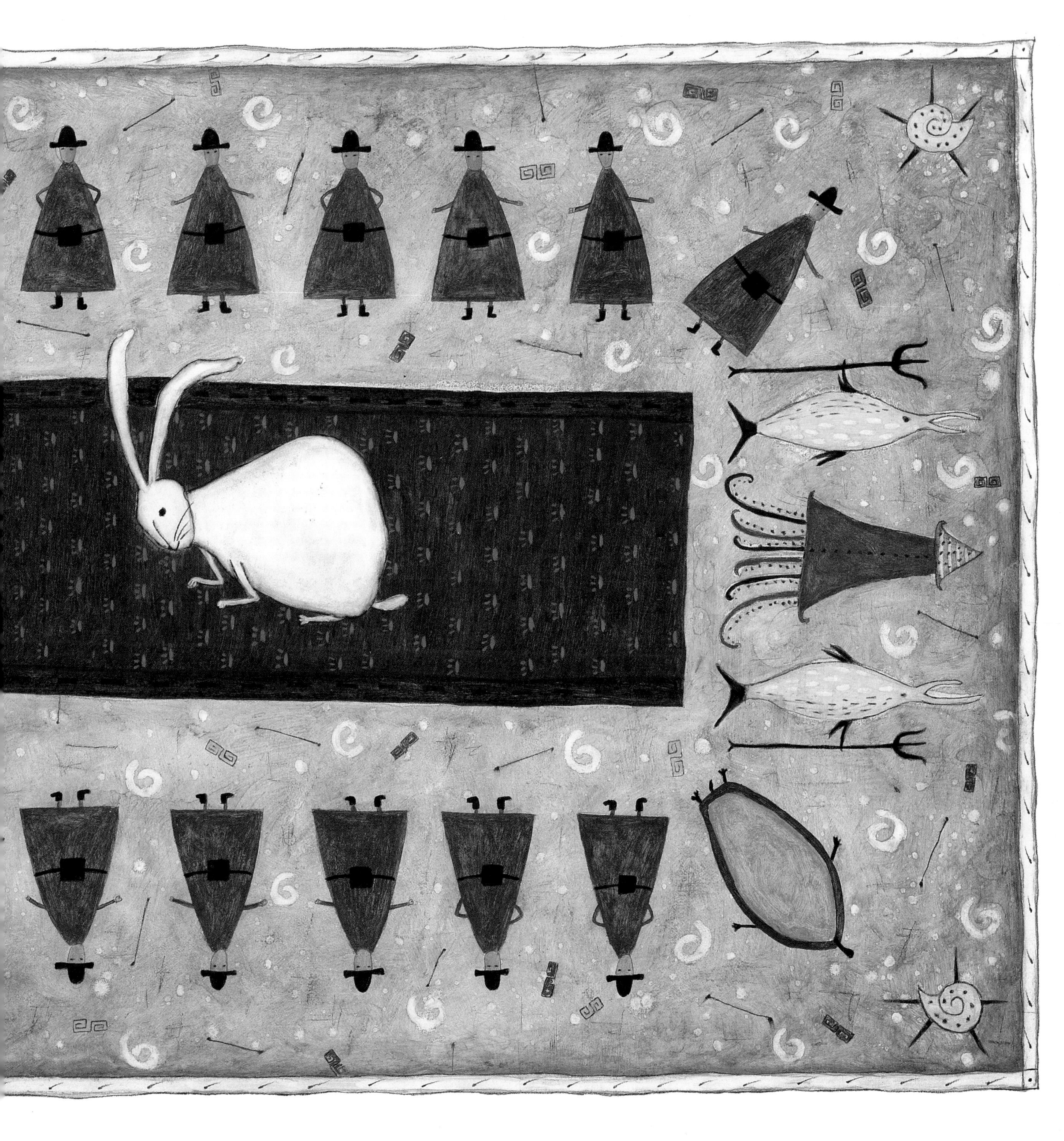

"뭐라고!" 용왕님이 소리쳤습니다. "내가 그 말을 믿을 것 같으냐?"
"믿으셔야 하옵니다." 영리한 토끼가 대답했습니다. "정말입니다. 저의 간은 특별한 약효가 있기 때문에 항상 찾는 이들이 많사옵니다. 그래서 저는 간을 대부분 밤에만 사용하고 낮에는 숨겨두고 있사옵니다. 거북이가 용왕님께서 제 간을 필요로 하신다는 말씀만 미리 해주었더라면 제 간을 기꺼이 가져왔을 것입니다."
"나를 바보로 아는가?" 용왕님이 고함을 질렀습니다. "간을 마음대로 꺼냈다 집어 넣었다 하는 것은 있을 수가 없는 일이다."
토끼가 절을 하며 말했습니다. "폐하, 제 입을 자세히 보시옵소서. 다른 동물들은 저와 같이 윗입술이 찢어지지 않았기 때문에 저처럼 간을 꺼냈다 넣었다 할 수가 없는 것입니다."
그 큰 궁전이 조용해졌습니다.
"용왕님께서 허락하신다면 저는 거북이님께 집에 데려다 달래서 기쁜 마음으로 제 간을 가지고 오겠습니다. 하지만 빨리 서두르지 않으면 용왕님께 차마 입에 담을 수 없는 변고가……." 토끼는 짐짓 슬픈듯이 고개를 떨구며 말했습니다.
용왕님이 비장하게 말했습니다. "거북이는 토끼를 데려다 간을 가져 오도록 하라."

"What!" roared the Dragon King. "Do you expect me to believe that?"
"You must believe it," the clever rabbit replied, "for it is true. Because my liver has such special powers it is always in demand. So I use it mostly at night and keep it hidden in the daytime. If only the turtle had told me of Your Majesty's need, I would gladly have brought it with me."
"Do you think I am a fool?" roared the king. "It is impossible to take one's liver in and out at will."
The rabbit bowed again.
"But Your Majesty," he continued, "look carefully at my mouth. No other creature can take its liver in and out because no other creature has an upper lip like mine that's split."
The great hall was silent.
"Now, if it would please Your Majesty, I would gladly go and get my liver. But I must go quickly or Your Majesty might . . . I don't dare say the word," said the rabbit, lowering his head in a show of sorrow.
"Turtle," the Dragon King finally spoke, "take the rabbit to get his liver."

토끼는 다시 거북이 등에 업혀서 길을 떠났습니다. 그들이 바닷가 모래밭에 도착하자 마자 토끼는 기쁨에 겨워 깡충깡충 뛰었습니다.

"하! 하! 하!" 토끼가 거북이를 보며 깔깔 웃었습니다. "너는 나를 속였다고 생각했겠지만, 내가 너를 속였지."

토끼는 깔깔대면서 깡충깡충 사라져 버렸습니다.

Once again, the rabbit climbed on the good turtle's back and they were off. No sooner had they reached the sandy beach than the rabbit escaped, then danced for joy. "Ha! Ha! Ha!" he said to the turtle. "You thought you would trick me. But I tricked *you*." And he hopped away laughing.

거북이는 모래밭에 주저앉아 죽어가는 용왕님을 생각하며 울었습니다. 이 때 거북이를 굽어보고 있던 신령님이 슬피 울고 있는 거북이 앞에 홀연히 나타났습니다. "너무 상심 말아라. 그대의 충성심을 가상히 여겨 내가 도와 줄 것이니라. 이 인삼 뿌리를 그대의 용왕에게 가져가거라. 이 뿌리가 용왕의 병을 고치고 건강을 되찾도록 해 줄 것이니라."

"감사합니다." 거북이는 눈 앞에서 사라지는 신령님을 향해 말했습니다. 거북이는 허둥지둥 바다 밑 용궁으로 달려갔습니다. 용왕님은 그 뿌리를 먹고 병이 나았습니다.

The turtle fell to the sand and wept as he thought about his dying king. But a god, who had been watching over the turtle, suddenly appeared. "Don't despair," he said to the turtle. "I will help you, for I admire your faithfulness. Take these ginseng roots to your king. They will cure his illness and restore his health."

"Thank you!" the turtle called out as the god vanished before his eyes. Then he hurried back to the palace, where the Dragon King ate the roots and became well.

충성스러운 거북이는 용왕님이 특별히 사랑하여 왕궁에서 제일 높은 신하가 되었습니다. 그리고 그 후로부터 인삼 뿌리는 모든 병을 고치는 데 쓰이게 되었습니다.

토끼로 말할 것 같으면, 그 후로 다시는 물가에 가까이 가지 않았습니다.

For his faithfulness, the turtle became the Dragon King's special attendant and the highest-ranking member of his court. And from that day on, ginseng roots have been used to cure diseases of all kinds.

As for the rabbit, he never went near the water again.